脆弱的石頭

楊悅——著

作者簡介

楊悅，英文名 Jane Yang，跨界藝術家。已出版詩集《回聲》（Echoes），在中國大陸和歐洲參與過多次群展。

4 脆弱的石頭

自序

書寫是一種宿命。寫詩則是繆思贈與的豎琴時不時的竊竊私語。我不得不暖著這團火焰並和狄厄尼索斯舉杯暢飲。文字，細小的雪，彩色的絲線，藉著光的骨骼它們羽化成意義的灌木叢。存在撥動它柔美又冷峻的弦，唱詩班的孩童把聖光送往此在。

我們是思考和行走著的半人馬，背上還有遠古的圖騰和弓箭。像是搖滾的石頭，又是脆弱的石頭。在生命柔軟的圖紙上我們潛藏的稜角留下刮痕，粉色的創傷。從創傷深處又生長出彩虹和新葉子。

本書的插圖是我為這一主題繪製的。身體的幾何化，邏各斯的流體，混合爵士樂的溫度。

6　脆弱的石頭

目次

3	作者簡介
5	自序
10	回望
12	迷走
14	望
16	等
18	存在的幾張側臉
20	生長
22	告別
24	勸
26	靠岸
28	尋找
30	等候飛翔
32	一種滋味
34	靠近

36 懸置
38 零度以上
40 某種狀態
42 偏角四十五度速寫
44 折射
46 城市印象
48 都市生活
50 紅
52 擁擠外邊
54 混雜狀態
56 覺
58 救贖
60 透視
62 抵禦鐘擺慣性
64 回訪

66 醒
68 回歸
70 壓力
72 捆
74 生根
76 療癒
78 進化
80 重生
82 軟核
84 對比
86 生長
88 方位
90 殼與核
92 回字
94 靠岸

回望

沉默的盡頭
綠橄欖舒展
藍色的羽翼
風把石灰岩的蒼白吞沒
一場熱烈燃燒的夢境
浪遊終止於岸的觸摸
時間的灰燼裡
一隻火鳳凰重生
葉子追逐根的消息

Jane
2022.9.05

迷走

櫻桃敲開雨夜的窗
春花盛著甜澀的酒
藏滿故事的房間

迷走江湖的心
一把光鑄的鑰匙
開一扇破舊的木門

八音盒閃爍
星空擁抱曠野

上望

月球上打撈
葉子覆蓋的記憶
光穿透時間的寶盒
問童年
那道彩虹的方向
吹　暗夜裡的夢魘
巨大的灰色魔方
門口
啟明星的光

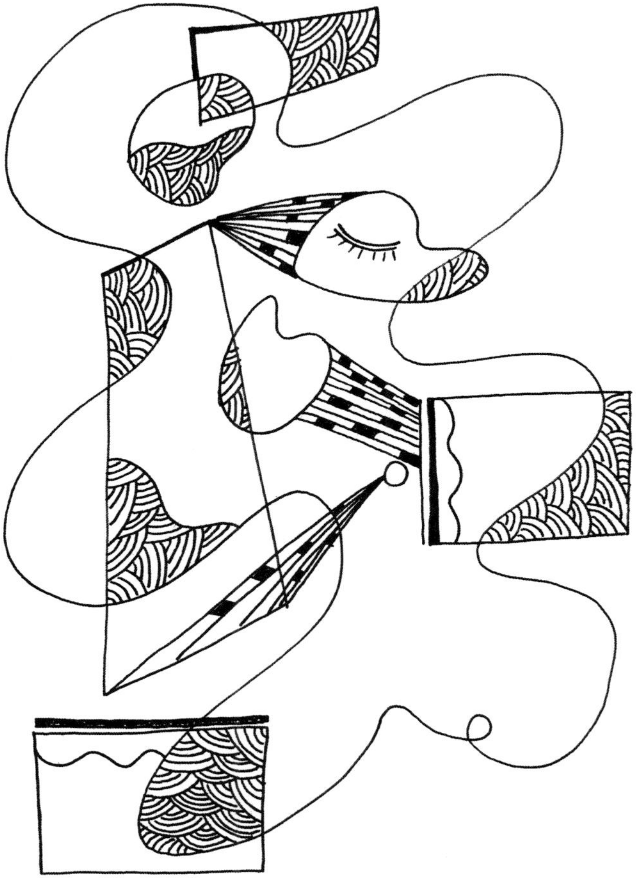

等

把白日夢
都收藏好
盛放在
時間碗裡
等心重新路過

把夜折疊　一隻紙船
放逐雨夜對岸
等花重新來過
把陰影都驅趕到海邊
浪潮吞沒
光　另一半
潮濕的心情

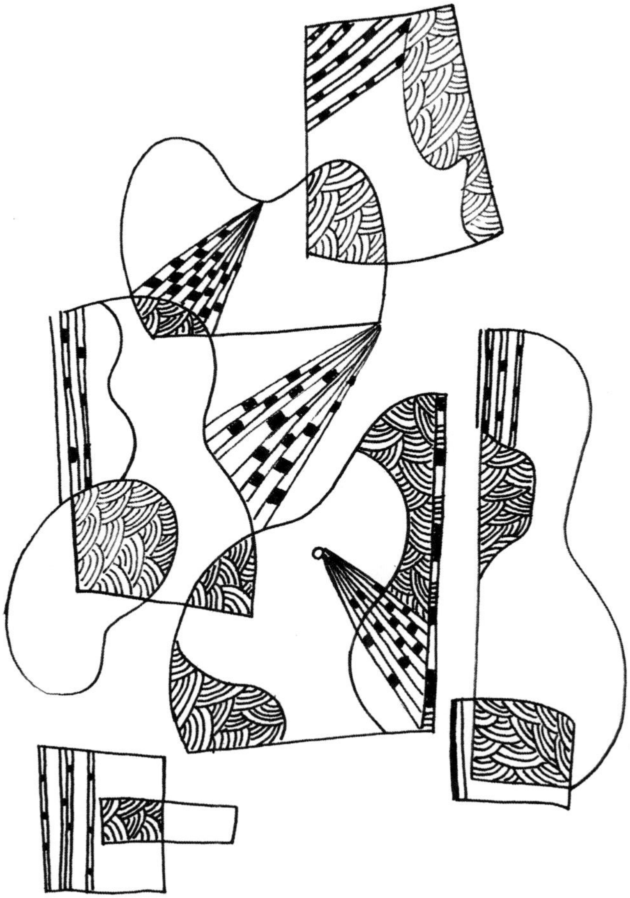

存在的幾張側臉

沒有索要過的
都再索要一遍
占有不代表擁有
強制不代表許諾

把靈魂的噪音
都再交還給生活
抓得住的
就別再漫無目的地等待

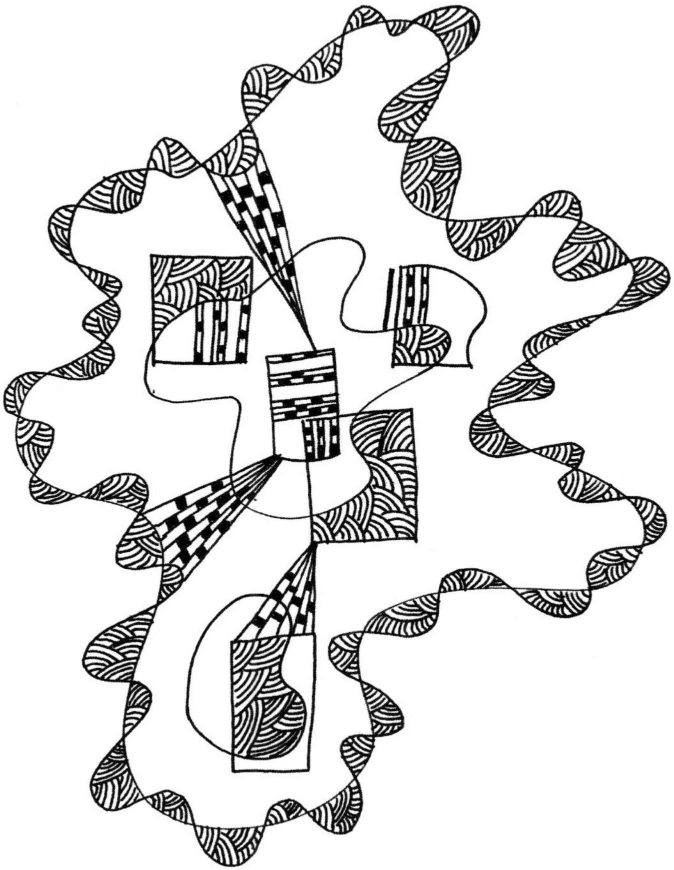

生長

一種　歷程
疼痛的牙　裂過石頭的血

新芽

告別

把昨天的羽毛
一一拾回到囊中
丟掉生鏽的鐵釘
和賭博的牌
遺忘是一場
漫長的旅行

途中你遇見
許多個自己
在時間墳墓的草坪上
清理青黑的淤痕
血色的玫瑰
和無可言狀的夢

勸

還在流浪的那個
不是你的腳
不是我筆
是一顆不安分的心
一場說來就來的雨
一片竊竊私語的雲

走到哪裡
就棲息在哪裡
沒有額外設限
對角線很遙遠
曲線很婉轉
兩點間也非直線最短

剛開場就怕了
那你就輸了

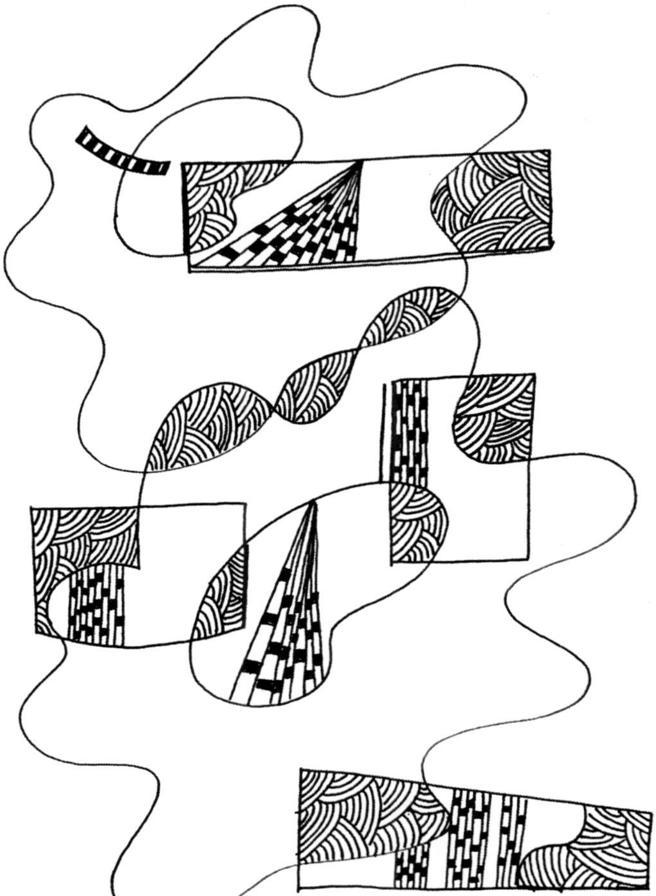

靠岸

紅與黑對峙
藍與白交織
光明的笑容裡層
水仙綻放出
一個冬天的溫柔

水藻纏住夜色
微風牽住晚雲
朦朧的記憶
重疊成光暈的毯子
告別旋轉的眩暈
就在此岸停靠吧

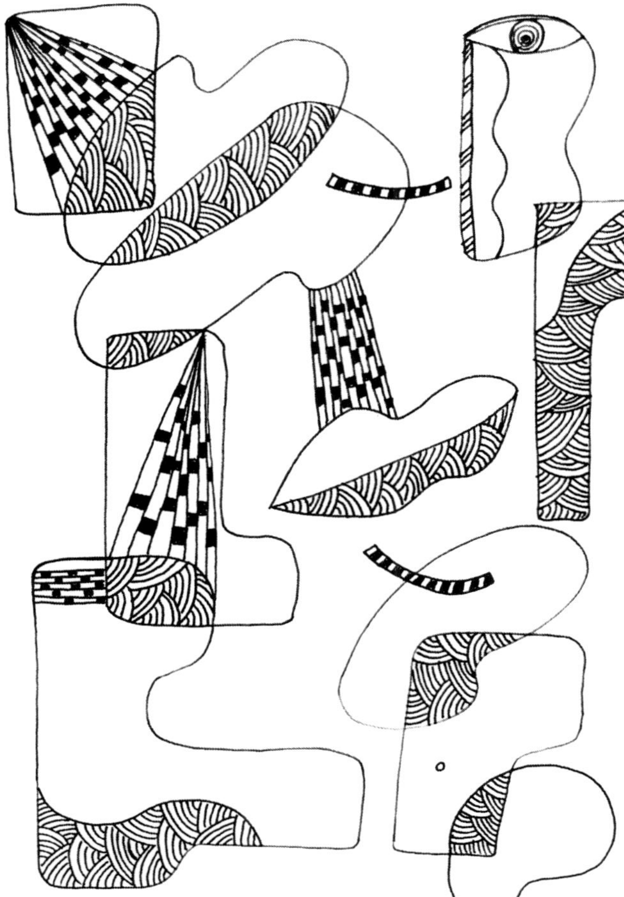

尋找

葉子尋找花
河流尋找源頭
種子尋找風
飛鳥尋找天空
語言尋找形狀
音樂尋找色彩
追隨直覺的步履
塵世裡顛簸的心
尋找棲息的樹
在記憶的深谷
捕捉紅與藍碰撞的餘波

等候飛翔

從時間褶皺中
掬一捧清泉
等靈光乍現的一刻
飛翔的自由

燭火可以枯萎在
夢的手指觸及不到的
空白處
白樺樹的芽
還在奮力掙脫季節的束縛

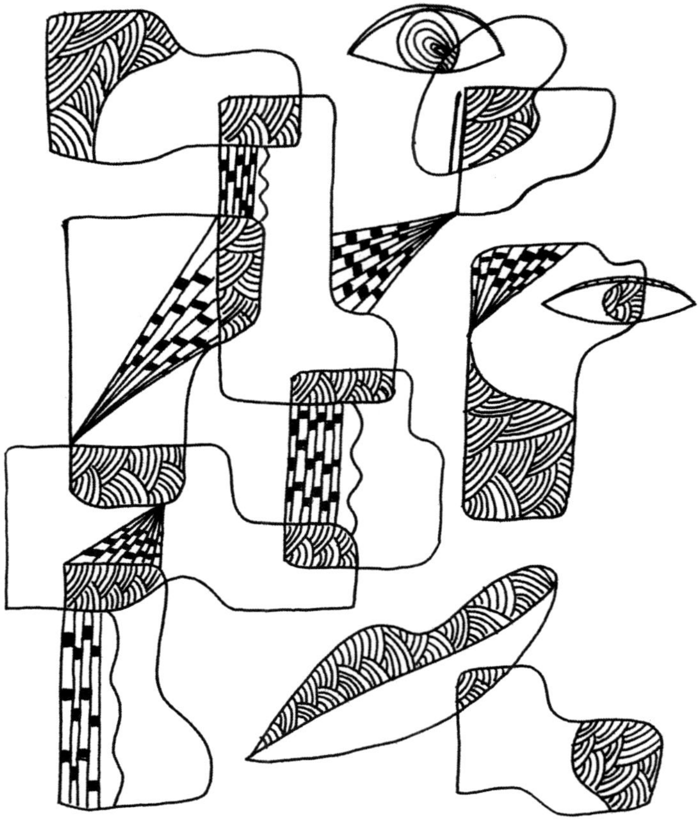

一種滋味

時間的音樂
沉思的果實
成熟於光明與陰影交織之間
風的苦澀溶解於
心結打開的一瞬
一株纏繞著傷痕的植物
在刺與葉的對話中緩慢生長
明媚的日子
在黑夜過後放肆歌聲

靠近

河流腫脹的季節
青草呼吸濕土地的音符
花開又花落
日子舒展它的葉
雲朵裝滿了舊日記
風又把它們吹散
大地把重量交還心靈
夜晚把光明載入夢境
言語窮盡的枝頭
色彩撥動繆斯的琴

懸置

從昨天和今天裂痕處
伸出一隻
向上探索的手
紅與黑握手言和
豐饒的麥子燃燒夜的酒

灰斑點吃掉布谷的歌
方形的紫色被繩子纏繞
氣球被嘲諷的針刺破
黑影懸掛在夢的出口
燭火在呼吸間搖晃

零度以上

褐色的齒輪咬紅色的指尖
時間平鋪直敘
行人在阿斯匹林的味道裡
橫沖直撞
黑眼眸擁抱雪地
玫瑰從凍結中蘇醒
遙遠的鐘聲嘶啞
白鴿追隨藍色的手

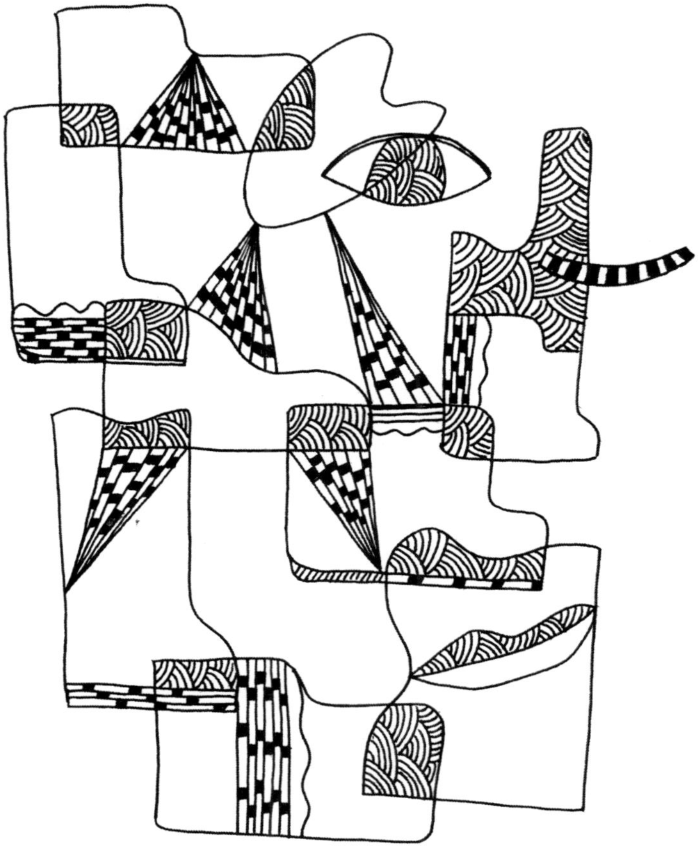

某種狀態

追問在搖擺中
尋找平衡點
百廢待興的日子裡
困頓的鳥
飛躍灰白的高牆
角逐場熱鬧依舊
堆砌華美的玻璃面具
被日光遺忘的角落
一支蠢蠢欲動的畫筆
浮塵遮蓋釉彩
一場潛伏的大雨

偏斜四十五度速寫

櫻桃汁撞擊烈酒
黑罌粟滲透夏天
印象派地斑駁記事
熱雨沖刷迷霧纏繞的路
尖刀與海綿廝磨
巨石碾壓過心房
左一陣血雨腥風
右一片柔雨春光
平衡木上舞蹈
手心探尋手背的距離

折射

存在於日常倒影裡的三重面孔
折疊的三重奏
向外的懸木
向內的刺
向未知的劍

拒絕虛無深處的躲藏
暴露叢林的血脈與筋骨
向回聲漣漪處呼喊
跟隨一串近乎透明的腳印

城市印象

晨曦張開羽翼
色盤打翻在草叢間
有機曲線穿梭在
石墨與黑鐵的混合液

無意識區紅燈閃爍
警報灼燒緊繃的弦
布魯斯跳躍的畫布上
一條粗壯的繩索

都市生活

白織燈撕破漿果味
方格阻擋柔軟的光線
重復音擠壓越界沖動
毛絨怪獸啃奶油鮮花
新玩具占領舊街區
廢墟裡長出紅月亮
黑與白之間
一場曠日持久的對話

紅

一顆擠壓的藍莓
回形針狀的疼
冰淇淋親吻熱巧克力
刀刃穿透黑屏風
膨脹的方形空間
金色向日葵的核
破裂的氣球炸出岩漿
光在心的河谷雕塑
感官腐朽的泥裡
長出風的羽翼

擁擠外邊

在牆與牆縫隙間
尋找一束光的可能
果實在黑夜深處孕育
荊棘叢刺破拇指
鐵鏽味碾過夢境
灰瞳孔閃爍星光
休止符前後
漲潮的藍與瀰漫的紅
橢圓的情緒布滿鋸齒
雨季的影追趕春日的芽

混雜狀態

一種不規則的形狀
原始的鼓點與沙啞的歌聲
不確定處的召喚
觸摸疊加的虛實
懸空的過山車
加速度五十秒
咖啡熏染舊報紙
白銀嘲諷青銅
水墨浸透白日夢
粉糖紙包裹胖雲朵

覺

黑色的光
纏繞一枚
懷孕的貝殼
樹根探向地心
一盤造物的秘密
偶然碎裂的瓷器
睡在白絲綢上
彩色的石頭敲打時鐘
幻影篩落在屏風上

救贖

一根傾斜的線
交響樂與遊樂場之間
徘徊不定的蘆葦
想象風中的屋子
旋轉梯通往昨日的雨

粉紅的潮汐混合殘餘的酒
舒展的渴裸露在
緊張的沙丘上
語言迷走的河口
一張綴滿星辰的網

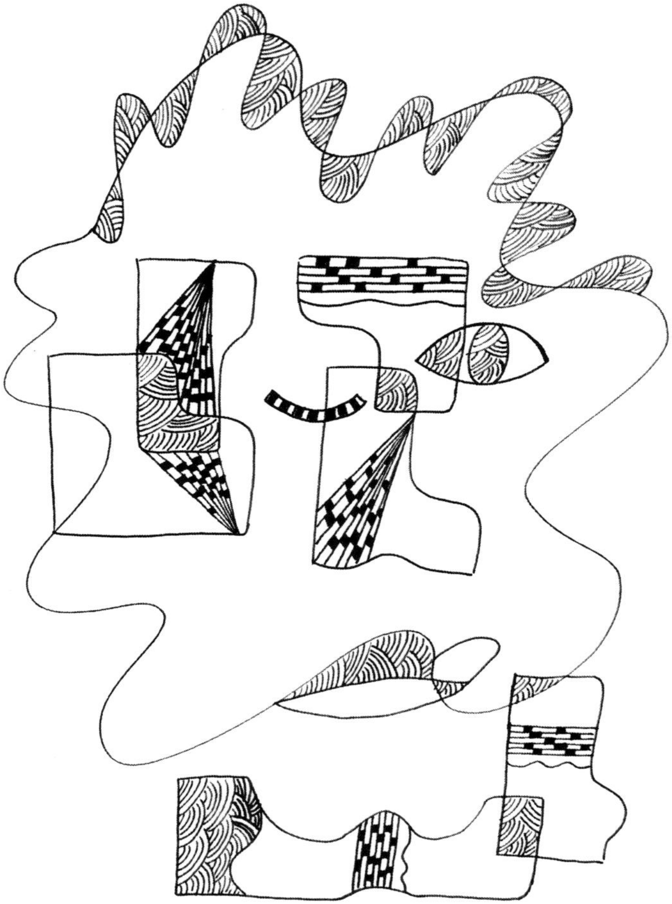

透視

甜蜜的炸裂
一顆墜入夜之漩渦的櫻桃
彼此對話的鏡子
腫脹的果核與喘息的句子
緊閉的盒子開一扇天窗
凍雨從北方侵入
篝火在荒野上燒
繩索上行走的眼睛
透視迷霧重重的城堡

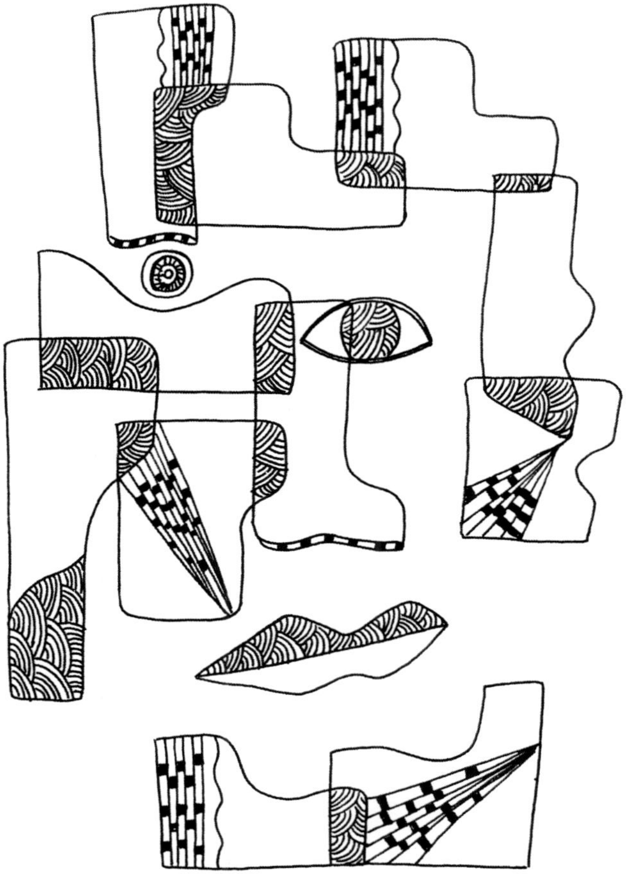

抵禦鐘擺慣性

機械齒輪堆積的平面
柔軟的花蕊碰撞
風化的石灰岩
鋒利的牙齒撕咬
沉思中的湖泊

青草蔓延在
漿果暈染的夢裡
紅燭列成一字
顛簸流離的椅子
藤蔓編織蛋形的巢
飛鳥銜來火焰的種子

回訪

遺失的甲骨文
碎裂的大理石遺跡
花瓣吻葉子的脖頸
舊牆紙灑滿噴泉的句子
菱形的時間盒子裡
裝滿灰藍色的塵霧
白蘑菇膨脹的雨季
竹葉落滿斑駁的古琴
模糊的字跡
隱約在光的裂縫處

醒

在失語的沼澤地
尋一把失蹤的鑰匙
編織一張輕盈的網
捕捉野地裡的蝴蝶
發黃紙上待乾的墨跡
一個脫去外衣的橙子
墜落在地的香水瓶
碎玻璃、鹽和海洋的呼吸

回歸

河流的此岸
一隻口渴的羔羊
土地的乳房疼痛
草葉的手掌
迫不及待地張開
流淚的花
嗅源頭的光
雨落盡了
音樂露出時間的骨骼

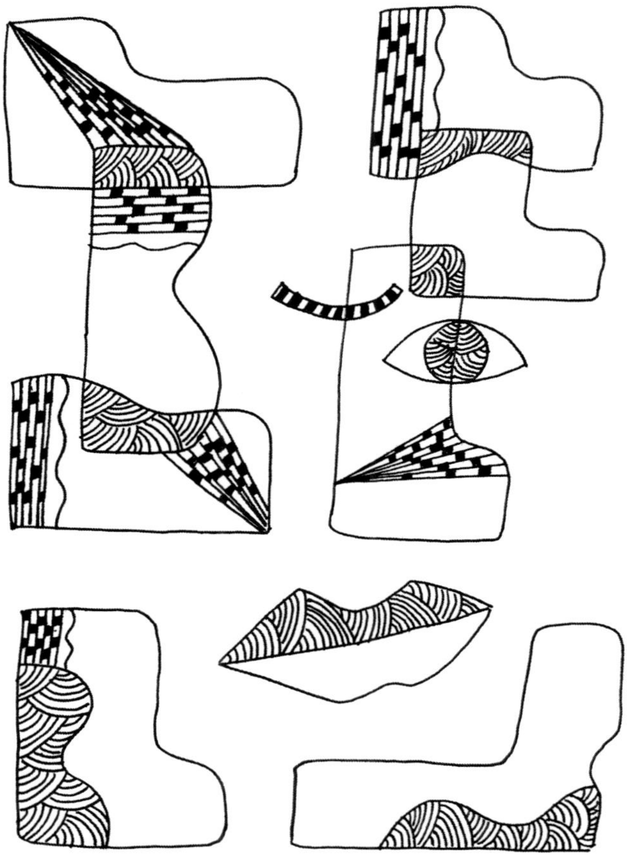

壓力

一顆飽脹的核
地殼壓力的變化
血紅色的晶體
熱情，刺與液化的鏡子

高速駕駛的通道
一群爭先恐後的麥子
有限的土地獻給無限的欲望
方格間，齒輪與流水線

捆

一隻幼小的卵
躲藏在宇宙子宮深處
青草根混合雨後泥土的氣味
松木油脂滴落在有機玻璃上
柔軟的觸角嗅
一個半打開的盒子
金屬鏈纏繞三角尺
汽車尾氣、酸雨和
一隻咬了一半的蘋果

生根

那些無根的
還在尋覓的旅人
在一罐沙丁魚的擁擠裡
挖掘一方天空的寬廣
和母體的語言
紅色的陣痛
產出蔚藍的果實

漂流的屋宇裡
一個柔軟的花園在生長

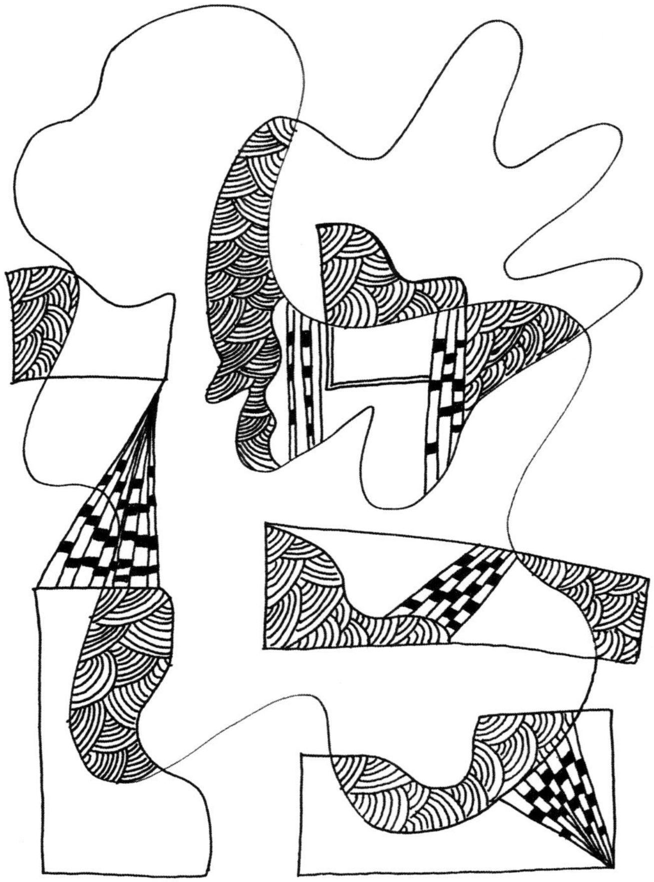

療癒

一顆熟透的櫻桃炸裂
赤裸在鵝卵石和樹葉的巢裡
明亮的金色塗抹在
光的蜜糖裡
黑紗籠罩雨季的鈷藍色
戒尺、手銬和鞭繩
習慣了時間扼喉
深紅的傷口
在青草岸癒合
白鴿、豎琴和常春藤

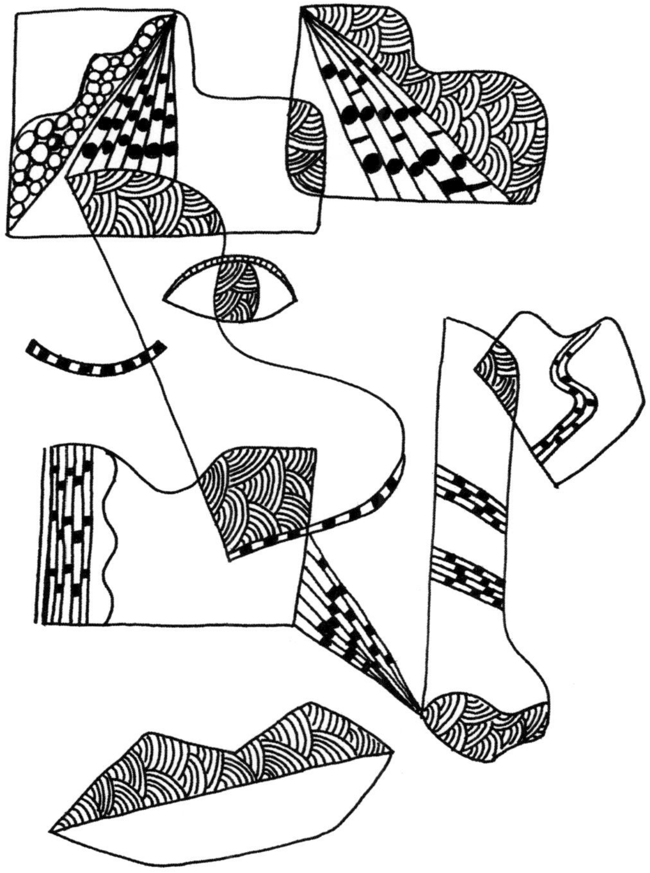

進化

血液凝固
時鐘停擺
沼澤中漫步
光從疼痛的裂縫穿透
完成一件巨型冰雕
叢林杳無邊際
一隻鱷魚在腳邊　張開嘴
過了這個紅燈
路便少一些堵塞
銳利的三角形磨了邊
更像一個成熟的橢圓

重生

雜物堆積的閣樓上
清理一層層心理的地質變化
握緊一張舊照片
放空浴缸裡的水
啟程的倒計時懸掛
熱氣球已飄往南美
一個榨乾的檸檬
拋向記憶的窗外
浮萍向綠色深處
長出新的根

軟核

紅種子陷於陰影
一隻黑盒子
等待被打開
無形的手扼住咽喉
猩紅的淚從花蕾墜落
貫穿那個遊戲
——一場粗糙的馬拉松
花瓣浸漬　軟粉色鋒利
歸於規矩　常態溫度
半醒於下一個雨季

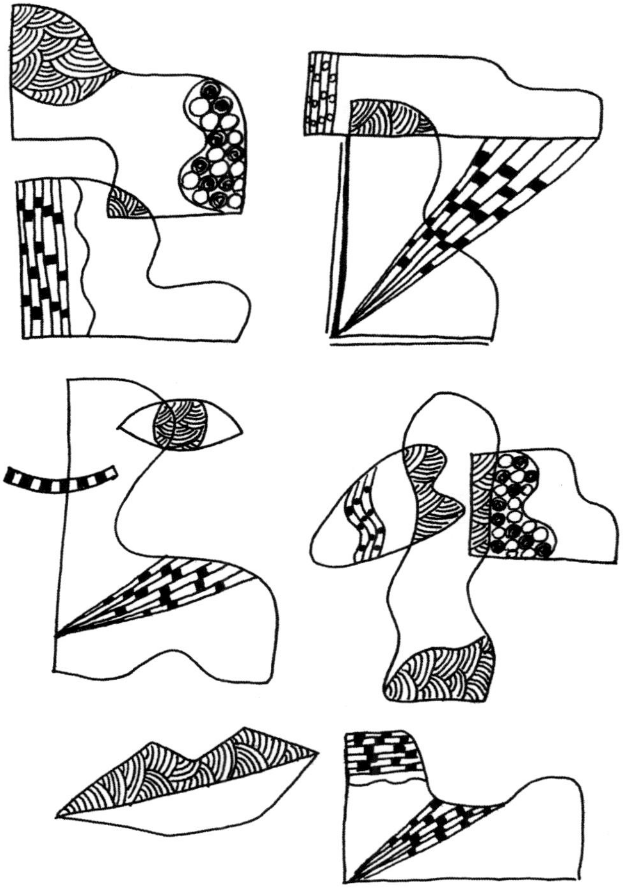

對比

從失語的空白裡
尋找紫羅蘭的呼吸
懸空的雜耍節目
接踵而至的觀光者
方形的水泥塔
穿過安息香的夢境
跑馬場小了一圈
腳卻邁過了藩籬
向內走更深
或習慣性陷入泡沫

生長

時間在醋酒
布谷風中覓食
流浪的眼睛
找陸地的方向
長著黑色胎記的
骨瓷盤子
踩著篝火
吐一個黎明
畫在畫藍房子
果實在膨脹它自己
水位又高了些　或許

方位

刀在板上　磨時間的弦
橙色的雨在河谷深處煮著
漂浮大概是一大片烏雲
一邊生一邊熟
石沉一筐黑夢
傷痕凝成一道光
春草滿了月
石英石睡了
晃一眼昨日的湖水
等一隻鳥飛
要麼孤島漫遊
要麼岸頭尋舟

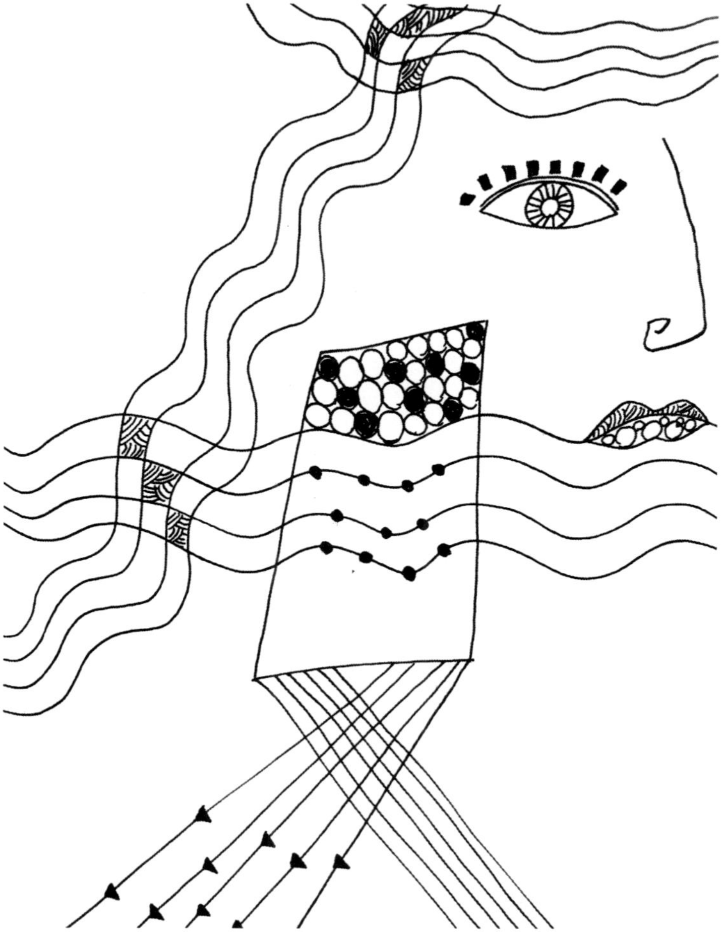

殼與核

你需要剝開一百種聲音的外殼
捕捉時間外衣風化後
那顆赤裸無餘的果核

把墨灑進
光線隱退的空房子
任冰川消融
山河崩解
和那個夢中跌倒啼哭的小孩
握手言歡

聽笑與淚溶解於酒精時
水波蕩漾的歡暢
與風告別夏日原野時
倉促的呼吸

回字

時間煮雨
灰藍　天藍　鈷藍
距離　鵝卵石
屏風　漏裸色的光

日子
紅野草瘋長
生宣氣惹稻花香
車水馬龍飛逝
纖雲微醉

雨過
風洗去倦意
歸鴻銜泥築巢
老樹還在老地方

靠岸

紅黑對峙
藍白交織
冬夜
水仙綻放
豎琴的絲綢

水藻
漫遊的綠影
晚雲醉成
粉紅的羞澀

光暈重疊
一張波斯地毯
旋轉過後的眩暈

別過對岸的雪
就在此岸停靠
棕馬　青草　白房子

國家圖書館出版品預行編目

脆弱的石頭 / 楊悅著. -- 臺北市 : 獵海人, 2024.12
面； 公分
978-626-7588-09-3(平裝)

851.487 113019631

脆弱的石頭

作　　者／楊　悅
出版策劃／獵海人
製作銷售／秀威資訊科技股份有限公司
114 台北市內湖區瑞光路76巷69號2樓
電話：+886-2-2796-3638
傳真：+886-2-2796-1377
網路訂購／秀威書店：https://store.showwe.tw
博客來網路書店：https://www.books.com.tw
三民網路書店：https://www.m.sanmin.com.tw
讀冊生活：https://www.taaze.tw

出版日期／2024年12月
定　　價／350元